Toni Morrison, prix Nobel de Littérature en 1993, est l'auteur de célèbres romans pour adultes. Elle enseigne à l'université de Princetown. Elle a déjà cosigné deux livres avec son fils Slade, qui est peintre et vit à Roakland (New York).

Pascal Lemaître partage son temps entre Bruxelles et New York. Il est illustrateur depuis 1990 et travaille pour l'édition et la presse française et américaine.

Publié pour la première fois aux USA, en 2003, par Scribner, département de Simon & Chuster Inc., New York, sous le titre : Who's got game? Poppy or the Snake?

Texte des fables d'Ésope : Laurence Kiefé
Lettrage et maquette : Muriel Lefebvre

www.millebulles.com
ISBN 978-2-211-20020-2

Première édition dans la collection Mille bulles : 2010

Loi n° 49.956 du 16 juillet 1949 sur les publications destinées à la jeunesse : mars 2010
Dépôt légal : mars 2010
Imprimé en France par Pollina à Luçon

Ésope est un fabuliste grec qui vécut aux VIIe et VIe siècles avant Jésus-Christ. On lui attribue entre trois et quatre cents fables qui se sont d'abord transmises par la tradition orale avant d'être recueillies par écrit. Ces fables furent une grande source d'inspiration pour La Fontaine.

« LE LABOUREUR ET LE SERPENT »

Un laboureur découvrit dans la neige un serpent tout gelé. Aussitôt il le prit et n'écoutant que son cœur, l'enfouit entre veste et peau. Le Serpent, bientôt réchauffé, retrouva ses esprits et mordit le sein de son bienfaiteur. Celui-ci, avant de défaillir, eut le temps de crier :
« Je l'ai bien mérité, moi qui ai cru qu'un peu de bonté viendrait à bout de la méchanceté ! »
Ce laboureur-là était un philosophe-né.
Il n'en mourut pas moins au bord du chemin.

TONI et SLADE MORRISON ont puisé dans les merveilleuses fables d'Ésope et nous en offrent de nouvelles interprétations. Leurs histoires, à l'écriture rythmée, puissante, moderne, sont ouvertes ; les chutes en forme de morale réinventée. La victime sera peut-être gagnante, le craintif a une chance de devenir fort, l'idiot peut s'avérer perspicace, le puissant peut perdre son pouvoir. Tout peut arriver !

Traduit et adapté de l'américain
par Laurence Kiefé.

Toni & Slade Morrison
Pascal Lemaître

À TON AVIS...

LE VIEIL HOMME OU LE SERPENT ?

casterman

Mille bulles de *l'école des loisirs*
11 rue de Sèvres, Paris 6e

Pour Nidal

T.M.

Pour Kali-Ma

S.M.

Pour Keith et Tom

P.L.

Un grand merci à P. Van Der Stricht,
président de A. Merry Car (Belgique)

P.L.

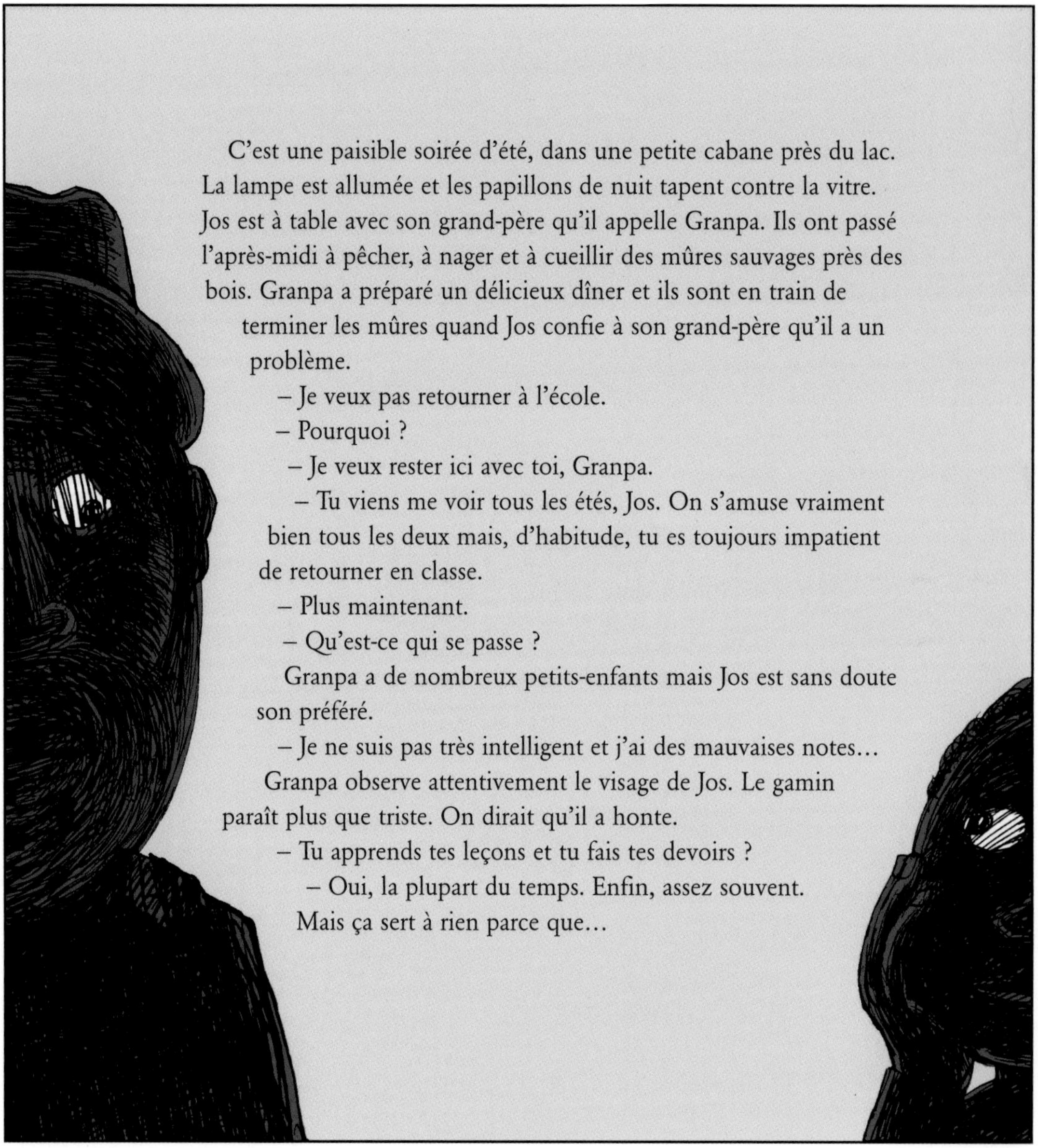

C'est une paisible soirée d'été, dans une petite cabane près du lac. La lampe est allumée et les papillons de nuit tapent contre la vitre. Jos est à table avec son grand-père qu'il appelle Granpa. Ils ont passé l'après-midi à pêcher, à nager et à cueillir des mûres sauvages près des bois. Granpa a préparé un délicieux dîner et ils sont en train de terminer les mûres quand Jos confie à son grand-père qu'il a un problème.

– Je veux pas retourner à l'école.

– Pourquoi ?

– Je veux rester ici avec toi, Granpa.

– Tu viens me voir tous les étés, Jos. On s'amuse vraiment bien tous les deux mais, d'habitude, tu es toujours impatient de retourner en classe.

– Plus maintenant.

– Qu'est-ce qui se passe ?

Granpa a de nombreux petits-enfants mais Jos est sans doute son préféré.

– Je ne suis pas très intelligent et j'ai des mauvaises notes…

Granpa observe attentivement le visage de Jos. Le gamin paraît plus que triste. On dirait qu'il a honte.

– Tu apprends tes leçons et tu fais tes devoirs ?

– Oui, la plupart du temps. Enfin, assez souvent. Mais ça sert à rien parce que…

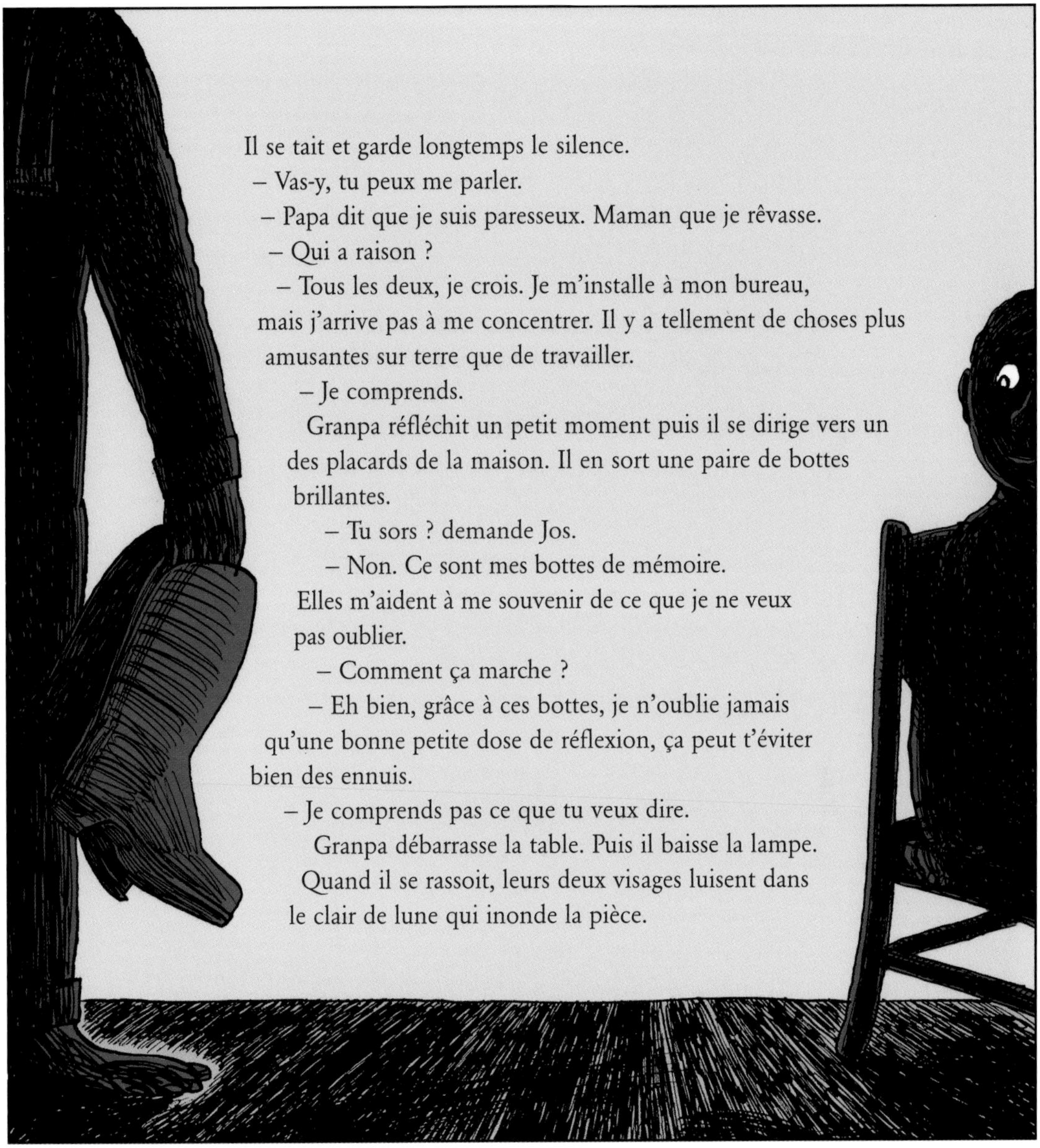

Il se tait et garde longtemps le silence.

– Vas-y, tu peux me parler.

– Papa dit que je suis paresseux. Maman que je rêvasse.

– Qui a raison ?

– Tous les deux, je crois. Je m'installe à mon bureau, mais j'arrive pas à me concentrer. Il y a tellement de choses plus amusantes sur terre que de travailler.

– Je comprends.

Granpa réfléchit un petit moment puis il se dirige vers un des placards de la maison. Il en sort une paire de bottes brillantes.

– Tu sors ? demande Jos.

– Non. Ce sont mes bottes de mémoire. Elles m'aident à me souvenir de ce que je ne veux pas oublier.

– Comment ça marche ?

– Eh bien, grâce à ces bottes, je n'oublie jamais qu'une bonne petite dose de réflexion, ça peut t'éviter bien des ennuis.

– Je comprends pas ce que tu veux dire.

Granpa débarrasse la table. Puis il baisse la lampe. Quand il se rassoit, leurs deux visages luisent dans le clair de lune qui inonde la pièce.

Un soir, j'ai pris mon camion pour aller pêcher.

Il faisait frais et les poissons étaient affamés.
Quand la nuit est tombée, j'en avais plein mon panier.

Comme on n'y voyait plus rien, j'ai remballé mon matériel. En m'approchant de mon camion, j'ai vu qu'il y avait quelque chose de coincé sous un pneu. Je me suis penché et je me suis aperçu qu'il ne s'agissait pas d'une branche...
... mais d'un SERPENT.
J'avais dû rouler dessus quand je m'étais garé. J'ai sorti ma lampe torche et je l'ai braqueé sur le serpent.
Brusquement, il a ouvert les yeux et sa queue a claqué. Ça m'a fait peur alors j'ai crié.
WAOUH!

Le serpent n'a plus bougé, mais quand j'ai voulu l'examiner de plus près, IL S'EST MIS À PARLER...
T'AS L'INTENTION DE ME LAISSER CREVER LÀ COMME UN CHIEN?
Dodge

C'était une ERREUR. Je n'ai pas fait exprès.
Peut-être, mais tu m'as écrasé quand même. Qu'est-ce qu'on fait maintenant ?
Je t'avais fait du mal peut-être? J'étais tranquille peinard et hop, toi tu arrives et tu manques me tuer ...
et comme tu m'as pas achevé, tu vas me laisser CREVER là.

Attends...
Si tu restes tranquille, je peux déplacer mon camion !
OK! Bouge donc de là, s'il te plaît !
J'HÉSITAIS.
BON, y a encore un problème ?
JAZZ
Eh bien, tu es un serpent... venimeux !

ET ALORS !
Tu vas me reprocher d'avoir des crochets empoisonnés ?
COMMENT je me protégerais de mes ennemis, autrement ?
N'IMPORTE QUI pourrait me sauter dessus et m'aplatir.
JE N'AI PAS DE POINGS AVEC LESQUELS ME BATTRE, COMME TOI.
JE N'AI PAS DE PIEDS AVEC LESQUELS COGNER, COMME TOI.
Ni UNE GROSSE VOIX TERRIFIANTE, COMME TOI
Et si tu regardes bien, je n'ai pas d'ailes pour m'envoler.
MES CROCS IL ME LES FAUT, GROS MALIN !

Mais tu ne vas pas me MORDRE?
TE MORDRE?
Pourquoi je ferais une chose pareille? Tu vas me sauver la vie, non?
Si tu me sauves LA VIE,
tu ne seras plus mon ennemi, chéri, mais mon sauveur, TU PIGES?

MAIS...
Tu pourrais changer d'avis.
Je connais plein de gens qui changent d'avis.
Moi-même ça m'arrive assez souvent.

Tu joues avec mes nerfs, non? T'en rajoutes pour éviter de m'aider.

Non, mais je ne veux pas me mettre en danger.
QUOI !
Qu'est-ce que tu racontes ? Réfléchis un peu, pépé. C'est MOI qui suis à moitié mort sous TON camion et c'est de TA faute !
Je sais. J'en suis désolé.
Comment ça, DÉSOLÉ ?
Assez désolé pour me libérer ? Ou c'est du baratin, histoire de te réconforter après ce que tu m'as fait ?
Bon, écoute-moi. Tu promets, tu jures de ne pas me mordre et moi je te libère.
OK, mec.
Tu promets, tu jures ?
J'accepte, mec. Je promets et je jure. L'idée de te mordre ne m'effleurera pas l'esprit.
D'accord, je te crois.

Je suis monté dans le camion et j'ai mis le moteur en marche.
Lentement, j'ai avancé de quelques mètres.
ÇA VA COMME ÇA?
QUEL SOULAGEMENT!
AAAAH!
Le serpent s'est un peu tortillé, histoire de vérifier qu'il était bien entier.
Il a rampé jusqu'à la portière, il s'est redressé et a ouvert la bouche.

Somptueux, mon pote!
SOMPTUEUX!
Content pour toi. Bon, je m'en vais.
MAIS,
OÙ ÇA?
CHEZ MOI.
J'aurais dû savoir que t'étais un bouffon. Moi, il a fallu que je promette d'être sage, mais toi tu peux te barrer comme tu veux. Sans te soucier du reste!
C'était convenu comme ça. Qu'est-ce que tu veux de plus?
En ondulant, il s'est encore rapproché.
Je suis resté coincé des heures sous ton pneu. Je souffrais, j'avais faim, j'avais peur. Et toi, t'as même pas l'intention de m'emmener chez toi manger un petit morceau?

T'EMMENER CHEZ MOI ?
BEN OUI ! TU TRAITES TOUJOURS AUSSI MAL CEUX QUE TU ÉCRASES ! QUE TU TUES PRESQUE ?
MAIS…
IL N'Y A PAS DE MAIS. T'AS PEUR ? TE MORDRE, ÇA ME VIENDRA PAS À L'ESPRIT, JE TE L'AI JURÉ ! JE VAIS PAS GÂCHER MON BON POISON POUR LE MEC QUI M'A SAUVÉ LA VIE !
Après avoir réfléchi un petit moment, je me suis dit que le serpent était sincère. Il n'avait aucune raison de mordre un ami. Alors je l'ai ramassé et je l'ai déposé sur le plateau du camion.

Quand on est arrivés à la cabane, je lui ai rempli un bol de lait.
Il a tout sifflé jusqu'à la dernière goutte puis il s'est endormi.
Le lendemain matin, au petit déjeuner, j'ai remarqué que Serpent était bien abîmé là où le pneu l'avait écrasé. Il avait perdu pas mal d'écailles et on voyait même des minuscules égratignures. J'ai pris du désinfectant et je l'ai réveillé.
QU'EST-CE QUI SE PASSE ?
Tu es blessé. Je vais te soigner.
SYMPA. T'es correct, mec.

Bien nourri de pain et de lait, Serpent a voulu rester une autre nuit. J'ai souri. Même s'il avait la langue bien pendue, c'était un brave gars.
BIEN SÛR. Reste quelques jours.
TAR BABY
Après tout, il avait juré de ne pas me mordre, pas vrai?

J'ai réfléchi à tout ça en allant au village.

HOTEL
JOE
BOX

Quand je suis rentré, il était tard. J'ai ouvert la porte et Serpent...

...était installé dans mon lit.
Où t'étais passé?
Faire des courses.
J'ai cru que tu m'avais abandonné.
Je ne ferais pas une chose pareille On est amis, non?
Oh, j'en ai jamais eu de meilleur!
On se fait confiance, non?
Jusqu'à ce que la mort nous sépare.
TAR BABY

Et ce qu'on dit, on le pense vraiment, non?
OH MEC, À FOND QU'ON LE PENSE, À FOND.
J'ai préparé le repas et nous avons discuté tranquillement.
Les jours s'écoulaient paisiblement. Et puis Serpent a commencé à s'ennuyer.
Pourquoi t'achètes pas une télé? Ça mettrait un peu d'animation.
J'aime le calme et la paix.

Et une radio? Tu veux pas de radio?
NON
Tu te sens pas un peu seul?
NON.
La solitude me convient.
Est-ce normal ?
Serpent bâilla et s'enroula sur le tapis, à côté du poêle.

Je n'avais pas sommeil, alors je suis sorti contempler les étoiles.
Quand je suis rentré, j'ai remarqué que Serpent avait rampé près de mon lit. Tôt le lendemain matin, avant que le soleil ne soit levé...

... j'ai été réveillé par une vive douleur. Je me suis redressé et dans mon bras, j'ai vu deux trous, faits par deux crocs. Je me suis levé d'un bond. Serpent était là, juste devant moi, les crocs luisants, dégoulinants de poison.
MENTEUR! MENTEUR!

TU AS MENTI !
TU AVAIS DIT QUE
TU NE ME
MORDRAIS
JAMAIS

POURQUOI ?

POURQUOI
AS-TU ROMPU
TA PROMESSE
?

Tranquille comme Baptiste, Serpent a fait claquer sa langue fourchue.
EH MON POTE, JE SUIS UN SERPENT.
TAR BABY
TU LE SAVAIS BIEN.

Granpa regarde Jos et se met à rire, en se tapant sur les genoux. Jos ne quitte pas son grand-père des yeux.

– Qu'est-ce qui s'est passé ? Il t'a mordu mais tu n'es pas mort ?

– Il m'a mordu, c'est vrai. Et non, je ne suis pas mort. Tu sais, j'avais réfléchi à ce que ce serpent m'avait promis. Il avait dit que l'idée de me mordre ne lui viendrait pas à l'esprit. Il n'avait jamais dit qu'il ne me mordrait pas – seulement qu'il n'y songerait pas. Alors, moi, j'avais pris mes précautions… Le jour où je suis allé faire des courses au village, j'ai acheté un sérum anti-poison.

– Ah, c'est ça qui t'a sauvé ! s'exclame Jos en souriant.

– Pas seulement. Ce qui m'a sauvé, comme je te disais tout à l'heure, c'est d'avoir réfléchi. Dans la vie, plus on réfléchit, moins on a d'ennuis ! Et c'est une chose que je ne veux jamais oublier, alors j'ai imaginé un moyen pour m'en souvenir toujours.

Granpa rallume la lampe. Il déplie ses jambes et les pose sur la table.

Alors, Jos voit les bottes de mémoire de son grand-père à la lueur de la lampe. Ce sont des bottes magnifiques, taillées dans la plus moelleuse et la plus brillante des peaux de serpent.

VILLE